老鼠記者 Geronimo Stilton

神探福爾摩鼠 ④
劇院幽靈疑案

謝利連摩·史提頓
Geronimo Stilton

U0106140

新雅文化事業有限公司
www.sunya.com.hk

神探福爾摩鼠 4

劇院幽靈疑案
IL TEATRO STREGATO

作　　　者：Geronimo Stilton　謝利連摩·史提頓
譯　　　者：鄧婷
責任編輯：胡頌茵
中文版封面設計：黃觀山
中文版美術設計：羅益珠
出　　　版：新雅文化事業有限公司
　　　　　　香港英皇道499號北角工業大廈18樓
　　　　　　電話：（852）2138 7998
　　　　　　傳真：（852）2597 4003
　　　　　　網址：http://www.sunya.com.hk
　　　　　　電郵：marketing@sunya.com.hk
發　　　行：香港聯合書刊物流有限公司
　　　　　　香港荃灣德士古道220-248號荃灣工業中心16樓
　　　　　　電話：（852）2150 2100　　傳真：（852）2407 3062
　　　　　　電郵：info@suplogistics.com.hk
印　　　刷：C & C Offset Printing Co., Ltd.
　　　　　　香港新界大埔汀麗路36號
版　　　次：二〇二二年六月初版

http://www.geronimostilton.com
Based on an original idea by Elisabetta Dami.
Cover Project: Mauro de Toffol / theWorldofDOT (Adapted by Sun Ya Publications (HK) Ltd.)
Illustrations of Cover: Tommaso Ronda
Artistic Coordination: Lara Martinelli
Graphic and Artistic Coordination of Cover: Daria Colombo and Lara Martinelli
Geronimo Stilton names, characters and related indicia are copyright, trademark and exclusive license of Atlantyca
S.p.A.
The moral right of the author has been asserted.

ISBN: 978-962-08-8033-9
© 2021-Mondadori Libri S.p.A. for PIEMME, Italia
International Rights © Atlantyca S.p.A. Italy
Traditional Chinese Edition © 2022 Sun Ya Publications (HK) Ltd.
18/F, North Point Industrial Building, 499 King's Road, Hong Kong
Published in Hong Kong, China
Printed in China

神探福爾摩鼠
辦案記

在一個總是寒風凜冽、霧氣繚繞的神秘城市裏，有一座奇特的房子。房子裏住着一隻熱衷探案的古怪老鼠……他就是偉大的夏洛特·福爾摩鼠，老鼠島上最知名的天才偵探！

我老鼠記者謝利連摩·史提頓很榮幸獲福爾摩鼠邀請擔任他的助手，協助他調查各種離奇的案件。我把辦案期間的所見所聞寫下來，就成為了你讀着的這本偵探故事。

各位熱愛偵探故事的鼠迷，快來一起走進各種奇案的犯罪現場，挑戰你的頭腦吧！

謝利連摩·史提頓

**一場鬥智鬥力的
刑偵冒險之旅即將開始！**

二樓：

10 助手的房間：謝利連摩·史提頓就睡在這裏。

11 皮莉鼠的房間：誰都不可以進入這個女管家的房間。房間裏真的只有她嗎？她藏着什麼秘密嗎？

12 福爾摩鼠先生的房間：偉大的偵探會在這裏的牀上休息……雖然他說他從來都不睡覺！

13 洗手間：供訪客使用。

14 天台：福爾摩鼠獨自冥想的地方（如果不下雨的話！）

15 溫室花園：這裏種植了稀有的仙人掌。

16 泳池：福爾摩鼠每天都會來這裏游泳。他總是讓一條水虎魚跟着自己，這樣可以令他游得更快！

底層：

1 入口

2 藏書室：裝滿各種關於神秘案件的書籍。

3 秘密樓梯：通往收藏懸案檔案的地下室。

4 神秘大廳：福爾摩鼠只有在他生日當天邀請朋友們參加「神秘競賽」時才會進來。

5 紀念品室：這裏收藏了他所破案件的紀念品。

福爾摩鼠偵探社

6 車庫:福爾摩鼠把所有辦案用的交通工具都放在這裏,包括:單車(一種非常奇特的腳踏車)、附有側車的電單車、形似熱氣球的飛行器、超高科技的汽車,以及能夠變成潛水艇的船。

一樓:

7 福爾摩鼠的工作室:福爾摩鼠會坐在這裏接待客户。這些客户是從每天在偵探社門口排隊求助的客户中挑選出來的幸運鼠。

8 練琴室:福爾摩鼠每晚會在這裏拉奏小提琴。

9 廚房:女管家皮莉鼠的專屬空間,她會在這裏準備茶點。

目錄

結案

福爾摩鼠偵探小學堂

風雅之夜

那天，從妙鼠城火車站的零號月台始發的列車準時抵達了怪鼠城。

我拖着行李箱走下火車，唇上貼着**假鬍子**。

我已經作好準備和**老鼠島**上最著名的偵探開展新的冒險旅程。他就是獨一無二、天才睿智、不可超越的**福爾摩鼠先生**！

我走出**火車站**，看了看周圍環境。怪鼠城還是一如既往灰濛濛的天，一如既往濕冷冷的風，以及一如既往行色匆匆的老鼠。

回到**怪鼠城**，我很高興，不過感覺怪怪的……好像有什麼地方不對勁。我正在思考到底哪裏不對勁，這時下起了雨……以一千塊莫澤雷勒乳酪的名義發誓，我終於知道了！原來是我把**雨傘**落在火車上了！

我衝向月台，跳上火車，直奔先前的座位。這時，我發現一名員工正要把我的雨傘放進一個寫着「失物」的大袋子裏。

我對他說：「呃……這是我的雨傘！」

他一臉懷疑地上下打量着我的衣服（因為我從鬍尖到尾尖都濕漉漉的），然後搖了搖頭，將傘遞給了我。

外面的雨越下越大。我撐着傘，快步前往**離奇大街13號**，也就是福爾摩鼠的偵探社所在地。

沿路的海報吸引了我的注意力，街上隨處可見：一張、兩張、三張、四張、五張、十張……總之，很多很多！

這些海報全部都是關於**怪鼠城歌劇院**新演出季度的首演劇目——焦阿基諾·鼠西尼作曲的著名歌劇《**塞維爾的理髮師**》將要在那裏上演。

著名歌唱家**杜萊美·歌唱鼠**將領銜主演！咕吱吱，她可是一隻很有魅力的美女鼠啊！

　　要是我也能聽一場歌劇該多美好啊！坐在劇院裏，聽着她悅耳的歌聲，一定很享受！我想她的聲音一定和她的笑容一樣**令鼠喜愛**……

　　唉，那一定會比頂着霧氣調查神秘罪犯有意思得多！

我沉浸在自己的幻想中，竟不知不覺地抵達了我的目的地。我來到了一扇深藍色的大門前，只見門上掛着一塊極具特色的**銅牌**，銅牌上寫着：

福爾摩鼠偵探社

我正要按照**接頭暗號**（三短二長）按門鈴，門卻已經開了。開門的是皮莉鼠小姐，也就是福爾摩鼠的女管家。她穿着一套**大紅色**的西裝……和以往一樣，她把一縷頭髮挑染成了同樣的大紅色！

她說：「史提頓先生，你呆在外面做什麼？快進來！」

我很驚訝，不禁問道：「進來？這怎麼可能？不需要說**口令**了？這次我知道的！」

她有些遲疑地點了點頭：「既然你知道，那就說說看吧！」

親愛的老鼠朋友們，你們相信嗎？

我之前真的是記得口令的……

呼！怎麼突然就從我的腦海裏**消失了**呢！我只記得是一位非常著名的**音樂家**的名字。

我隨口説出腦中閃現的名字：

「當然可以！貝鼠芬！偉大的音樂家貝鼠芬！」

皮莉鼠小姐搖搖頭：「不對！」

「那麼是……約翰‧塞巴斯蒂安‧鼠巴赫！」

「也不是！我可以給你一個小小的提示。猜一名**歌劇**作曲家的名字！」

我説：「啊，對了！意大利歌劇作曲家葛塔諾‧鼠尼采蒂？賈科莫‧鼠普契尼？朱塞佩‧鼠威爾第？」

皮莉鼠撓了撓頭髮：「**都不對**……史提頓，你怎麼會不知道呢？現在怪鼠城的大街小巷到處都是那個名字！」

「啊，是杜萊美‧歌唱鼠！」

皮莉鼠一下跳到我面前，堵住了我的嘴，「史提頓先生，千萬別提那個名字！千萬！」

然後，她把我拉進屋裏，在身後關上了門。

「**鼠西尼**！」她嘟囔着説：「口令是焦阿基諾‧鼠西尼！但願福爾摩鼠先生什麼都沒有聽見！」

我説：「可是……整個城市都在談論杜萊美‧歌唱鼠，以及她的《**塞維爾的理髮師**》……」

「噓！」她打斷我，「不要再提那個名字了……除非福爾摩鼠先生自己提起！」

就在這時，我的**偵探**朋友進了屋，打扮得非常正式！他身穿禮服，繫着 **黑色領結**，袖口還別着一對音符形狀的袖扣。

福爾摩鼠一看見我，就大聲説：「史提頓！你**渾身濕漉漉**的在這裏幹什麼？你把我的扶手椅和地毯都弄濕了。**我的助手**快去換套合適的衣服！今天晚上你可不能讓我丟臉，明白嗎？」

我的臉刷地紅了。我一隻手爪裏握着一把滴着水的傘，另一隻手爪則拖着濕漉漉的行李箱，**真是狼狽！**

我説：「呃……可是現在時間還早呢……福爾摩鼠先生，你希望我穿什麼合適的衣服呢？」

他回答道：「**史提頓，基本演繹法！**我們有兩張《**塞維爾的理髮師**》的首演門票。這可不僅僅是新演出季的首場演出，更是怪鼠城歌劇院的年度慶典！」

福爾摩鼠的嘴角揚着微笑，向我展示兩張**首演歌劇的門票**。

與此同時，皮莉鼠小姐以光速在屋裏來回跑動。她和往常一樣全神貫注地忙於打點，然後對

我説：「史提頓先生，我已經將你的**禮服**送到你的房間裏了！」

福爾摩鼠叫住她，説：「皮莉鼠小姐！等你有空時，可以把我的……」

「我知道！」女管家答道，「你想要你的藍色**綢緞鞋**！正式場合穿的那雙！我很快就給你送過來！」

一轉眼，效率高超的女管家已經推着小推車回來了。車上放着一雙擦得乾乾淨淨的藍色綢緞鞋，旁邊還有一雙格魯耶爾乳酪般黃色的皮鞋。「史提頓，這雙鞋子是為你準備的！」

福爾摩鼠非常滿意，説：「皮莉鼠小姐，非常好！你總是可以提前做出判斷……呃，你猜到我想交給你的下一個任務嗎？」

「當然！我已經從温室花園裏採集了**12朵玫瑰**，並且直接快遞給了那位貴賓！」

福爾摩鼠眼睛閃爍着光芒，表現得非常滿意。

女管家補充道：「當然，我準備玫瑰的時候非常仔細，因為，你知道的，**沒有不帶刺的玫瑰**！」

「嗯……」福爾摩鼠若有所思地回答。

皮莉鼠小姐繼續說：「福爾摩鼠先生……我還給你在**黃金角餐廳**訂座了，演出結束後，你們可以去那裏用晚餐……」

「皮莉鼠小姐，你真的是太周到了！」他愉悅地回答。

我豎起了耳朵：*晚餐？去怪鼠城那間最獨特的餐廳*？！

以一千塊莫澤雷勒乳酪的名義發誓，這真是一個好消息……我饞得開始舔鬍子了！

我忍不住激動地說：「福爾摩鼠先生，謝謝，太好了！我之前就很想聽**一場歌劇**！要是看完演出，還能再去黃金角餐廳享用美食，那簡直太完美了！」

福爾摩鼠瞪着我，就好像我是他那雙綢緞鞋上沾着的污漬。「史提頓，你在磨蹭什麼呢？你以為**我會**邀請**你**去那麼高級的 餐廳 嗎?!我的助手，別開玩笑了！你得多留神！**作為一名偵探的重要原則：時刻保持警覺！**」

　　隨後，他一邊走開，一邊吩咐道：「快去試你的衣服吧！今天晚上，一切都必須很完美……杜萊美·歌唱鼠小姐的美妙歌聲在等着我們呢！」

　　他哼着歌，走進 工作室 ，關上了身後的門。**砰！**

　　我一頭霧水。皮莉鼠小姐衝我擠了一下眼睛。她好像知道到底是怎麼回事……

案件

「史提頓，別説傻話了！
……案件隨時會在
意想不到的時刻出現！」

夏洛特·福爾摩鼠

怪鼠城歌劇院

　　就這樣，幾個小時後，我身穿非常正式的綠色禮服，搭配一雙在夜晚特別炫目的格魯耶爾乳酪般黃色的皮鞋。我身旁的福爾摩鼠則身穿深色禮服，而他的鞋更時尚！

　　在晚上交通繁忙的時刻，福爾摩鼠的**電單車**在怪鼠城的街道上穿行⋯⋯我用圍巾擋住了臉，一方面是因為福爾摩鼠的**飛速駕駛**風格，一方面也因為我有點像撞到貓一樣被嚇到了。

20

還是什麼都看不見比較好！我試着轉移注意力，回想着之前發生的事情。

為什麼皮莉鼠小姐不讓我提杜萊美·歌唱鼠的名字？她從福爾摩鼠的溫室花園裏採摘了12朵玫瑰是送給誰的？和這位歌劇演員有什麼關係？福爾摩鼠是不是對她有好感，所以想請她

去黃金角餐廳約會呢？

我很想直接**問**他，了解更多，但是又不想太莽撞，就隨便先找其他話題聊起來：「難得這次我們沒有肩負什麼**任務**出門⋯⋯而是⋯⋯嗯⋯⋯去享受生活！」

福爾摩鼠嚷嚷道：「享受 *?!* 史提頓，別說傻話了！我告訴過你，作為一名偵探的重要原則：需要時刻保持警覺⋯⋯因為案件隨時會在意想不到的時刻出現！**史提頓，基本演繹法**！」

正說着，我們已經抵達了目的地。

歌劇院門前的廣場上到處都是打扮正式的老鼠。大家都提前很多抵達，這是眾所周知的規矩。首映之夜，總是要**提前**到場的！

福爾摩鼠對我說：「我們把車停到後門吧！」

電單車鑽進劇院一旁的小路，緊接着是一個漂亮的**U形**掉頭，速度快到我差點得咬住假鬍子，以防假鬍子被風吹走！

22

原來，那條窄巷因為施工封路了。福爾摩鼠不得不把車**停泊**在廣場的另外一邊，嘟囔着道：「史提頓，快點！演出可不等你！」

情勢
非常非常
危急！

在怪鼠城歌劇院的廣場上，鼠頭攢動。

一台紅色的豪華轎車抵達劇院。司機下車，打開車門。一位身穿 **大紅色禮服** 並搭配同色絲巾的金髮女鼠在眾目注視下下了車。

激動的民眾尖叫鼓掌。這名女鼠 **正是她——** **杜萊美·歌唱鼠！**

可是，這位大 **歌唱家** 看起來鬱鬱寡歡，完

全無視她的歌迷，快速走向演員入口。

我轉過身看了一眼福爾摩鼠。他沉着臉，說：「嗯……她有點遲到了！而且看起來非常**焦慮**。」

我們也隨着鼠流走進劇院，福爾摩鼠的表情非常嚴肅。

我們拿了節目表，坐到第一排的座位。這時，廣播通知，演出將比預定時間**稍晚一點開始**。

觀眾席上坐着怪鼠城的名流貴賓。我也可以認出其中幾位，他們都是我在之前的案件中結識的友好。

他們當中有**黑尾鼠公爵夫婦**和他們的女兒**小薑**。我曾經在怪鼠城的第一次偵查之旅中

救過這位公爵千金，想知道更多關於這案件，大家可以去看《公爵千金失蹤案》！

　　他們當中還有偉大作曲家**貝納德·貝鼠芬**的後代，以及他的妻子碧翠絲和女兒貝茲。貝茲還帶領管弦樂團為樂器調了音。我是在調查他們的府邸遭到神秘的**狼貓襲擊**時認識他們一家的。

凱西·鈔票鼠

史蒂芬·
斯特拉奇諾

蜜塔·明月

坐在前排的還有歌星**尖帝分·斯特拉奇諾**，

以及他的女友**蜜塔·明月**和經理人**凱西·鈔

票鼠**。我在**黑霧**失竊案裏認識了他們。看到大

家都在歌劇院裏相聚，我真高興。

最後，我留意到一隻身穿格子西裝卻搭配一

條不相稱的紫紅色領帶的老鼠。

貝納德·
貝鼠芬

貝茲·
貝鼠芬

碧翠絲·
貝鼠芬

公爵千金
小薑

黑尾鼠公爵夫婦

我不認識他，於是問凱西・鈔票鼠（她是怪鼠城的萬事通）。

凱西回答：「他是誰？他就是托尼・巴松管鼠，也就是這間劇院的老闆！」

聽到 **演出** 推遲的通知，觀眾席傳來好奇的交頭接耳聲。

一隻眉毛濃密的灰髮老鼠走到 **托尼・巴松管鼠** 身邊。兩隻老鼠一陣竊竊私語，然後起身走到福爾摩鼠跟前。

我的朋友神情嚴肅地聽着，然後站起身，讓我跟他一起離席。

我跟在他們身後，聽到了他們談話的內容：「巴松管鼠先生，這件事很古怪！你的意思是，老鼠島上最著名的歌唱家演出前夕在更衣室裏神秘 **消失** 了？！如果對你們來說，這件事很震驚，那麼對我來說，**這簡直就是一宗非常不尋常的案件！**」

查案

「我是老鼠島上
　　最偉大的偵探。
我的直覺告訴我，
　　我們必須立刻行動！」

夏洛特·福爾摩鼠

歌唱家失蹤了！

　　只見福爾摩鼠神色自若，但又好像比平時多了一份擔憂。他問道：「事情經過是怎樣的？」

　　劇院老闆托尼·巴松管鼠回答：「福爾摩鼠先生，我……我也不知道！我當時也坐在觀眾席上。不過，舞台總監也許知道更多的資訊，因為他全程跟進 幕後 事宜！」

　　於是，他請出之前那個向他匯報情況的老鼠。

他說：「福爾摩鼠先生，請容我先自我介紹一下。我叫馬克斯·大師鼠，我是劇院的舞台總監。大概二十多分鐘前，我敲過**杜萊美小姐**更衣室的門，通知她演出即將開始。當時，她剛剛換好演出服裝，也就是《**塞維爾的理髮師**》**女主角**羅西娜的戲服。她告訴我她很快就可以登台！」

「然後呢？」福爾摩鼠問。

大師鼠點了點頭，說：「然後……她就**消失**了！她沒有出現在舞台上。我們到處找她，但是她已經消失得無影無蹤！」

福爾摩鼠說：「杜萊美小姐的更衣室在哪裏？我想去看看！」

大師鼠回答：「我很樂意陪你去，不過去之前，我得先跟進一下**演出**。你知道的，不管發生什麼事，演出都必須繼續！當然，我們目前的情況是，演出必須開始……」

　　「福爾摩鼠先生，希望你理解！」巴松管鼠附和道，「我們不能再等了，而且……」

　　「我已經做好登台的準備了！」一把渾厚而激動的女鼠聲音説道。

　　我們都回過頭。只見一位身材圓潤的 **女士** 穿着羅西娜的戲服站在走道。

　　劇院老闆微笑着説：「福爾摩鼠先生，請允許我向你介紹代替杜萊美·歌唱鼠出演羅西娜的 夏娃·米蘭達。」

夏娃·米蘭達**臉色一沉**，說：「代替？我現在就是這部劇的女主角。整個怪鼠城的觀眾都將為我喝彩！那隻年輕的女鼠知道自己無法**詮釋**好羅西娜這個角色，於是就玩失蹤，而不是戰勝對舞台的恐懼！」

福爾摩鼠默不作聲。

以一千塊莫澤雷勒乳酪的名義發誓，夏娃·米蘭達好像對杜萊美小姐的評價不太高！

大師鼠接話道：「當然了，米蘭達小姐！**由你出演，是我們的榮幸！**」

女歌唱家並不回應。她轉過身，趾高氣揚地朝着舞台走去。

就在那時，我看到了一隻我很熟悉的老鼠。他沒有穿制服，而是穿着一身優雅的禮服⋯⋯

他就是湯姆·特拉法**警長**。他對福爾摩鼠說：「我的好朋友，我們又見面了！你怎麼看？杜萊美是自己玩失蹤還是被迫離開了？」

福爾摩鼠回答：「我不太相信她是主動離開的！」

舞台總監**馬克斯‧大師鼠**說：「福爾摩鼠先生，演出即將開始！我們得趕緊離開舞台！」

我的朋友突然抬起爪子，說：「等一下！那是什麼？」

大偵探指着布幕間的一個物品，是一個寫着「**奇奇**」的小房子。

大師鼠解釋道：「這是杜萊美小姐寵物狗的窩！杜萊美小姐總是帶着牠，於是我們乾脆在舞台上搭建了一個小狗窩。這樣，小狗就可以一直留在舞台上陪伴牠的主人了。」

我走過去，從 小狗窩 的角度剛好可以看到整個舞台的布景：塞維爾的城市廣場、陽台，還有一座天使雕塑。

福爾摩鼠點點頭，**跟着**大師鼠走到後台的走廊。

突然，他指了指一個角落，說：「史提頓，你看到了嗎？」掛着劇院地圖的牆正下方的地上有一枝**紅玫瑰**。

福爾摩鼠對我說：「史提頓，撿起來！」

我撿起玫瑰，並不明白箇中究竟。我的朋友好像讀懂了我的心思，說：「謝謝！好好**保管**玫瑰！之後會派上用場的！」

我將玫瑰插在禮服的內袋裏，跟着福爾摩鼠來到掛着 **杜萊美・歌唱鼠小姐** 名牌的更衣室，裏面並沒有老鼠。

我看見房間裏有一束玫瑰，和我之前在走道上撿起來的那枝紅玫瑰是一樣的。

福爾摩鼠並沒有花時間研究玫瑰，而是將注意力集中到梳妝台上的一個**茶杯**上。

趁着其他老鼠還沒有進來，他用 **手提電話** 拍了一張照片。

舞台總監跟進來，解釋道：「每次演出之前，杜萊美小姐都喜歡喝一杯茉莉花茶。今天晚上也是如此，我親自給她把茶送了過來。」

地上還有供奇奇休息的籃子，不過也是空空如也。

這時，特拉法警長也趕到了，**評論**道：「杜萊美小姐怎麼可能在去舞台的路上消失呢？走道上沒有門、沒有窗，也沒有其他通道！」

　　大師鼠點點頭：「警長，你說得沒錯！」

　　就在那時，一隻年輕的老鼠來到更衣室。他是劇院的一名**道具師**。

　　「各位打擾了，我叫薩爾‧階梯鼠。我想告訴大家，我之前一直在這外面工作……演出開始

前不久，我隱約看到走道裏有隻老鼠朝着劇院後門的方向走去！不過，我可以確定，那不是杜萊美小姐，而是……一個**黑影**！」

特拉法警長立刻走到他跟前，問道：「黑影？你能具體描述一下嗎？」

道具師指着舞台相反的方向，黑漆漆的走道另一頭，説：「抱歉，我也沒看清楚，就是那邊，走道的盡頭，劇院出口的地方。我聽見**汽車發動機**的聲音！」

大師鼠大聲説：「汽車發動機？劇院出口？這麼説，杜萊美小姐被**綁架**了？！」

劇院老闆看起來很震驚，説：「唉呀，真糟糕！」

特拉法警長急忙跑去劇院出口求證。他打開門，探出身子，不過外面什麼都沒有。

福爾摩鼠轉身對劇院老闆和舞台總監説：「你們別擔心！我現在還不能判斷杜萊美小姐到底去了

哪裏。不過,我們已經有了**第一條線索!**非常明顯。我確定,我們的女歌唱家杜萊美小姐並沒有從後門被車帶走!」

他轉身問我:「史提頓,你可以向大家解釋為什麼嗎?」

我確定,我們的女歌唱家杜萊美小姐並沒有從後門被車帶走!

施工場地

你們知道福爾摩鼠是怎麼知道的嗎?

劇院幽靈

我一頭霧水地回答：「呃……我們當真有線索嗎？我怎麼沒有留意到?!」

福爾摩鼠埋怨道：「不好，這樣很不好！**作為一名偵探的重要原則：記下每一個細節……甚至在正式查案開始之前！史提頓，快記下！**」

我趕緊從禮服的**小口袋**裏掏出筆記簿進行

記錄。福爾摩鼠解釋道：「後門正對着窄巷。你也一定注意到掛在走道裏的那張地圖了吧？」

呃，什麼？福爾摩鼠只是瞄了一眼那張舊**地圖**，怎麼可能就做出判斷了呢……甚至還記住了地圖上的各個細節。

我在筆記簿上記下：「後門……小巷子……」

他繼續說：「史提頓，你一定還記得，剛才我原想把電單車停在劇院後門，不過最後沒能停泊，因為後門的小巷子因**施工封路**了！」

這時，福爾摩鼠也像特拉法警長之前那樣，從後門探出身子看了看外面。小巷子兩頭都攔着**路障**，掛着施工牌，連步行都無法通過！

福爾摩鼠撤回身子，繼續說：「我斷定，沒有外來者可以從後門帶走杜萊美小姐！更不要說開車離開！」

薩爾·階梯鼠看起來有些不相信，說：「可

是，我的確聽到了**汽車發動機**的聲音……」

這時，一名年長的老鼠插話道：「薩爾不願意提，因為他不相信。可是，我可以確實告訴大家，在這個 劇院 裏，你總是能聽到或看到一些不存在的東西！還有些本來存在的東西會不翼而飛！我馬特·錘子鼠可不是信口開河！」

福爾摩鼠嘟囔道：「嗯……」

我有些擔心地問道：「錘子鼠先生，什麼意思？你的話到底是什麼意思？」

他回答道：「這是我一直以來堅持的看法。怪鼠城歌劇院被**施了魔咒**！」

他的話讓在場的老鼠都**渾身發抖**（*我也感覺到鬍子像撞了貓似的緊張得捲曲起來*）。

大師鼠嚴肅地插話道：「正是如此！曾經有傳言說歌劇院裏住着**幽靈！**」

我結結巴巴地問：「*幽幽幽……幽幽幽靈？*」

大師鼠回答：「也不是什麼恐怖的幽靈。就是一些喜歡**惡作劇的幽靈**，常常讓演出期間的物品消失。我年輕的時候，有觀眾特地來劇院看燭台或是茶壺什麼的從舞台上消失……還真的發生過呢！演員和樂手都假裝什麼也沒有發生，直到消失的物品又在觀眾的掌聲中再次出現！」

錘子鼠附和道：「這個我可以確認！我年長

幾歲，當時的情形還歷歷在目！另外，我還要告訴你們，階梯鼠在走道裏看到的那個**陰影**，應該就是……幽靈！」

馬克斯・大師鼠點點頭：「不然解釋不通！很抱歉，各位，我得回去工作了！**你們聽見了嗎？演出開始了！**」說完，他馬上快步地離開了。

福爾摩鼠搖了搖頭，説：「幽靈？小怪物？哼！不過是些小把戲。你們怎麼看？」

我們大家全都轉身看着他。在昏暗的燈光下，我留意到福爾摩鼠身後的東西很有趣。那個東西有頭，身上還覆蓋着**彩色的羽毛**……

啊，當然了！那是莫扎特鼠的著名歌劇《**魔笛**》裏的角色**帕帕基諾**的戲服！

福爾摩鼠説：「我的經驗告訴我，怪物和幽靈並不存在！**作為一名偵探的重要原則：沒有什麼事情是不可能的，也沒有什麼事情**

是無法解釋的！」

就在他說話的瞬間，他身後的戲服突然**憑空消失**了！

特拉法警長驚呼起來：「福爾摩鼠，快看你身後！」

劇院老闆托尼・巴松管鼠也嚇得氣若游絲地說：「帕帕基諾……消失了！」

老鼠島上最著名的偵探**不為所動**地轉過身，說：「嗯……是的，我留意到了那套戲服……非常逼真！」

福爾摩鼠摸了摸牆壁，說：「沒錯，戲服不見了！」

然後，他彎身從地上**撿**起了什麼東西，放進口袋，不過我沒有看清楚是什麼。

馬特‧錘子鼠說：「現在你們都相信了吧！就是它們！！！」

我不敢相信地問：「你是說……**幽靈**？」

大家陷入沉默。與此同時，從舞台的方向傳來歌唱家高昂清澈的聲音：

「*Tralala-lalala-lalala-la!*
Largo al factotum della cittààà!」

那是《**塞維爾的理髮師**》的第一幕裏費加羅的著名詠歎調。觀眾掌聲雷動。

巴松管鼠問：「你們想去看一眼嗎？」

我們跟着巴松管鼠走到幕後，剛好可以**看見**舞台的地方。

我走到福爾摩鼠旁邊，聽見特拉法警長對他說：「我的朋友，你怎麼看這些怪事⋯⋯

難道劇院真的被施了魔咒嗎？」

福爾摩鼠沒有作答。

這時，我聽見觀眾席上傳來巨大的喧嘩聲：

「**啊啊啊啊啊啊！**」

我隨即轉身，看到舞台上不可思議的一幕！

只見舞台中央的天使雕塑不見了！只剩下**空空如也**的**雕塑**底座！

飾演《塞維爾的理髮師》的男歌唱家瞪大了眼睛愣在那裏，而飾演羅西娜的夏娃・米蘭達則尖叫起來：「**啊啊啊啊啊啊！**」

劇院裏響起一片困惑和恐懼的聲音，呼喊：

「雕塑**憑空消失**了！」

「幽靈回來了！」

「劇院被施了魔咒！」

夏娃・米蘭達尖叫道：「我唱不下去了！雕塑消失了、天使消失了，演員也消失了……」

隨即，舞台總監大師鼠從舞台後面向幕後員

工發出指令：「快，拉上布幕！先謝**幕幕幕幕！**」

一塊厚厚的紅色布幕慢慢展開。

劇院老闆和大師鼠急忙衝到女主角所站的陽台下方。

我、特拉法警長和其他老鼠來到沒有了天使雕塑的底座前，大家都感到難以置信。福爾摩鼠仔細地檢查這個底座。

49

哪有什麼惡作劇的幽靈啊！

老闆巴松管鼠懇求女歌唱家繼續演出：「米蘭達小姐，求求你！你可不能第一幕才演到一半就退場啊！」

女歌唱家回答：「**不行啊啊啊啊！** 這裏有很多幽靈！太太太**危險**啦！」

飾演塞維爾的理髮師這一角色的男歌唱家巴瑞·托恩也附和道：「**沒錯！** 我們沒法在這種情況下繼續工作！」

其他的演員和樂手都紛紛搖頭，交頭接耳。

舞台總監湊到劇院老闆身旁，說：

「不如問問**皮特·乳酪鼠**

導演的意見吧！」

還不等他們開口，

一隻披着藍色披風和圍

巾的老鼠眉頭緊鎖地從舞

台上走下來，說：「夠了！

無法繼續演出了！」

老闆和舞台總監大師鼠和他稍作商榷，

然後齊聲說：「**好吧！**」

最後，大師鼠走到幕前，對觀眾說：「各位

觀眾，非常抱歉，由於發生了突發的狀況，這次

表演不得不**延期**，我們稍後會再作安排，另行

通知！」

觀眾席上傳來擔憂的 窺窺私語 ，大家都在談論舞台上剛剛發生的事情。劇院被施了魔咒這件事很快就傳得鼠民皆知。

　　就連演員和樂團成員也都圍成一個個小圈子討論，越來越警覺的樣子。

　　唯一一個保持平靜的就是福爾摩鼠。

　　他沉浸在自己的思緒中，仔細檢查天使雕像的底座。

　　我走過去問他：「難道真的有幽靈？」

　　福爾摩鼠不屑地說：「史提頓，說什麼鬼話呢！你看這裏！」

　　他遞給我一張 紙條 ，說：「我之前在帕帕基諾的戲服那裏發現了這張皺巴巴的紙條。」

　　紙條上寫着奇怪的字：**羅西、塞維、導**。

　　我困惑地問：「我……我看不明白！」

　　福爾摩鼠答道：「史提頓，**你把紙條翻過來**！」

　　我把紙條翻到背面……以一千塊莫澤雷勒乳酪的名義發誓，紙條背面有手寫的信息：「*阻止演出，酬勞豐厚！*」

　　福爾摩鼠繼續說：「各位，我們找到了**第二條線索！**上面有非常重要的資訊。助理鼠，我說得對嗎？」

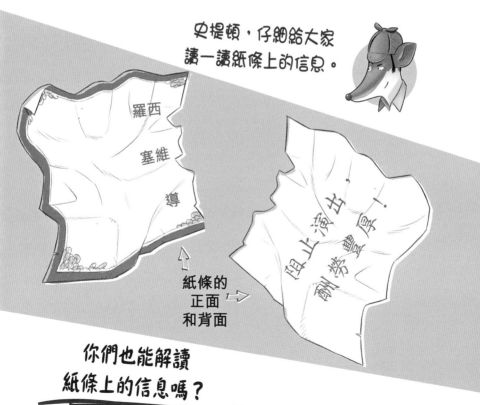

史提頓，仔細給大家讀一讀紙條上的信息。

羅西
塞維
導

← 紙條的
正面
和背面 ⇨

你們也能解讀
紙條上的信息嗎？

我結結巴巴地說：「呃……我一開始看錯了正反面，不過我想紙條上的信息很明確，有鼠想阻止演出進行，而且會付錢辦事！」

福爾摩鼠看着我，一副洋洋得意的樣子：「沒錯……還有別的嗎？」

我翻過紙條，說：「嗯……這裏還有些列印的文字，不過我不知道是什麼意思！」

他伸出手爪指着，說：「**作為一名偵探的重要原則：從字裏行間解讀，甚至從文字背後解讀！**」

「呃……那麼文字背後有什麼呢？」

福爾摩鼠解釋道：「首先，紙條是由劇院內的某個員工寫的。這隻老鼠想不惜一切代價破壞演出。為了達到這個目的，他向另一隻鼠求助，也就是說，他有一名**同夥**。」

「你是怎麼判斷出來的？」

他答道：「**史提頓，基本演繹法！**」

這張紙條是在場刊**節目表**撕下來的……上面還能看到印着主演和導演的部分資訊！

真的呢！只要把紙條放到完整的節目表上比對（就好像福爾摩鼠在我眼前演示的一樣），就可以看出來了！那些神秘的文字剛好是演員**名字**的一部分。唉，為什麼我就沒看出來呢？

福爾摩鼠總結道：「寫這張紙條的老鼠**撕下**了半張節目表……這也說明這是今晚發

生的事情！」

特拉法警長走到我們跟前，問：「你是説在場觀眾當中有鼠想阻撓演出？」

福爾摩鼠答道：「或許在觀眾當中，又或許⋯⋯就在這個舞台上！」

我目瞪口呆。

在場所有**演員**、**樂團**、**導演**和**製作團隊**紛紛交頭接耳起來。

導演在和女主角説話，男歌唱家在和舞台總監大師鼠竊竊私語；老闆巴松管鼠身邊圍滿了**神色擔憂**的樂團成員。而舞台員工薩爾·階梯鼠和馬特·錘子鼠，以及其他道具師則站在角落裏四處張望。到底是誰寫了那張神秘的紙條呢？！

突然，我的腦海中閃過一個念頭，問道：「福爾摩鼠先生，你覺得寫紙條的老鼠會不會也

是**惡作劇的幽靈**弄出來的呢？」

福爾摩鼠答道：「**當然不會啦，史提頓！這件事和幽靈一點關係都沒有。這一點顯而易見！**」

特拉法警長看起來和我一樣驚訝，說：「真的嗎？那為什麼帕帕基諾的戲服和天使雕塑會在我們眼皮底下**消失**?!」

「是啊！」我附和道。

福爾摩鼠眉頭一揚，說：「湯姆，你這麼想我可以理解……不過，史提頓，你是我的助理，接受我的教導，你不應該**相信**這些小伎倆啊！」

我的臉漲得通紅。

福爾摩鼠走到舞台中央，說：「各位先生、女士，請大家**安靜**！」

我聽見一名小提琴演奏家對一名大提琴演奏

家説：「天啦！是福爾摩鼠！他可是老鼠島上最**偉大的偵探**啊！」

福爾摩鼠稍作停頓，説：「我知道，大家今晚都受驚了。大家看到**舞台上的物品**突然從眼前消失的時候，自然順理成章地將此事和劇院裏曾經發生的事件聯繫起來。不少老鼠認為這是神秘的……你們怎麼説來着？呃，對了……*惡作劇幽靈的傑作！*」

聽到這裏，舞台上的老鼠們又開始交頭接耳。

這時，特拉法警長的助手索妮婭·先鋒鼠也趕到了劇院。

老闆巴松管鼠的身邊站着一隻非常講究的老鼠，他正牽着一隻非常漂亮的灰色獵犬。

福爾摩鼠打斷了**交頭接耳聲**，説：「各位，我可以告訴大家，幽靈並不存在……今晚的神秘消失只是再普通不過的**小把戲**！」

導演回應道：「不過，《塞維爾的理髮師》裏並不包括小把戲……這可不是魔術表演！」

老闆巴松管鼠問道：「小把戲？什麼意思？福爾摩鼠先生，你可以解釋清楚嗎？」

福爾摩鼠答道：「當然可以，你們看！」

只見我的朋友將手爪放在雕塑底座上，按住一個點……然後，底座立刻就打開了，天使又回來了！

大家都驚呼起來：「噢噢噢噢噢！」

天使就好像又憑空出現的一樣！

咔！

福爾摩鼠繼續説：「大家看見了嗎？這不過是一個再尋常不過的魔術機關。玩這個『**魔術**』的傢伙應該是遠程遙控，打開又關上了雕塑底座。」

舞台總監馬克斯‧大師鼠嚇得瞠目結舌，問：「你……你是怎麼知道這個機關的？」

福爾摩鼠伸出手爪，像一名歌劇演員一樣唱道：「噢，這非常簡單……朋友們……

福爾摩鼠天才博學
精通各種魔術！
他總是明察秋毫
於瞬間捕捉真相！」

奇奇
跑到哪兒去了？

我問道：「可是，帕帕基諾的戲服也消失了。那到底是怎麼一回事？也是小把戲嗎？」

福爾摩鼠答道：「**史提頓，基本演繹法！**你們跟我來，我演示給你們看！」

大偵探跨着大步走向後台，我們大家全都**跟在他身後**。

我們來到之前放帕帕基諾的戲服的地方。

福爾摩鼠小聲對我和特拉法警長說：「我就

62

是在這裏發現了那張紙條！神秘的 **小偷** 不小心把紙條落在這裏……就在他讓帕帕基諾的戲服消失的時候。」

我們都好奇地看着他。只見福爾摩鼠的一隻手爪按在牆壁上慢慢滑動，好像在找什麼東西。突然，他停下來，大聲說：「帕帕基諾的 **戲服** 就在這裏。大家很快就可以再次見到戲服！」

福爾摩鼠按了一下 **牆壁** ……牆壁突然轉動起來，將帕帕基諾的羽毛戲服轉了出來！

「**噢噢噢噢噢！**」我們再次驚呼起來。

薩爾・階梯鼠轉身對年長的道具師說：「馬特，這下你相信了吧？幽靈根本不存在！」

馬特並不願意相信，說：「當年物品從舞台消失的時候，你又不 **在場** ！」

「……過去很多老鼠來怪鼠城的歌劇院就是為了見證神秘的 **消失** 現場！」福爾摩鼠總結道，「我相信，過去的那些小把戲原本就是為了

吸引觀眾而專門設計的。**托尼・巴松管鼠先生，**你同意我的說法嗎？」

巴松管鼠一頭霧水地說：「呃……怎麼說呢？我是 劇院的新任老闆 ……也許你們應該問問之前在劇院工作的老鼠！」

他轉身看着舞台總監。大師鼠嚴肅地說：「跟我無關！當年我不過是一名年輕的道具師！導演比我年長，他倒是在這裏導演了很多歌劇，還有歌唱家夏娃・米蘭達之前也經常在這裏演

跟我無關！

我的歌劇裏可沒有小把戲！

我非常熱愛這個遭到詛咒的劇院！

馬克斯・大師鼠　　　皮特・乳酪鼠　　　馬斯特羅・指揮鼠

出⋯⋯以及巴瑞・托恩！」

　　乳酪鼠導演嘟囔着道：「你們在暗示什麼？我的歌劇裏可沒有小把戲！」

　　女歌唱家擺出歌劇演出的姿態，唱道：「當時我只是一個小女孩⋯⋯我相相相相相信有幽靈⋯⋯**好可怕啊啊啊啊啊！**」

　　男演員巴瑞・托恩哼了一聲：「我對那些小把戲一點都不感興趣！指揮鼠，你呢？」

當年我只是一個小女孩！

我對那些小把戲一點都不感興趣！

夏娃・米蘭達　　巴瑞・托恩

樂團指揮甩了甩前額的瀏海，答道：「哪些把戲？我相信的！我非常熱愛這個**遭到魔咒的劇院**！」

福爾摩鼠小聲對我說：「史提頓，你怎麼看？大家都說了實話，還是有誰在撒謊？也許撒謊的鼠就是寫紙條的那一個！」

我答道：「沒錯，史提頓先生！撒謊的那隻鼠……可能就是那個想阻撓演出的傢伙的**同夥！**」

他點點頭：「看來我給你上的課對你的木瓜腦袋還是起到作用了。所有老鼠都有嫌疑！不過，有一隻老鼠會特別樂意看到杜萊美小姐消失！」

我們回到舞台上。

福爾摩鼠指着奇奇的**小窩**，說：「我想請大家留意另外一個細節。除了杜萊美小姐，她的**寵物狗**也不見了。」

大師鼠問道：「你的意思是，杜萊美和奇奇

66

一起消失了？」

福爾摩鼠回答：「我不是這個意思！這就是我們要分析的 **第三條線索！**

他轉身對我說：「我們可以**確定**，杜萊美在劇院神秘失蹤的時候並沒有和她的寵物狗在一起。史提頓，我說得對嗎？」

我回答道：「呃……我們真的**確定**嗎？！福爾摩鼠先生，我真的不知道！」

杜萊美和奇奇並不是一起消失的！
為什麼福爾摩鼠能這麼確定的呢？

你們能在圖中看出什麼線索嗎？

他大聲説：「我們當然很確定啦！你應該 知道 為什麼的！」

我結結巴巴地説：「我應該知道？我 ?! 」

福爾摩鼠堅持道：「是的，史提頓！」

我的朋友目光如炬地看着我，催促道：「快點！這個不難！杜萊美小姐抵達劇院的時候，奇奇 在哪裏？」

我回答道：「我猜，在主人的懷裏！」

「哼！」他嚷嚷道。

「回答錯誤！杜萊美抵達劇院的時候，奇奇根本就不在！你不記得了嗎？」

我用爪子撓了撓前額，回想着我們抵達劇院的情形。「真的呢！小狗當時不在。難怪杜萊美小姐當時看起來憂心忡忡的！奇奇應該在她抵達劇院前就不見了！」

福爾摩鼠點點頭：「史提頓，你終於明白了！雖然 綁架 杜萊美很可能跟奇奇失蹤有關，

但是可以肯定的是，這兩件事情並不是同時發生的！確定了這一點，我想請你再仔細觀察一下狗窩旁的碗。」

「**碗**？呃⋯⋯還是滿的！」

「史提頓，基本演繹法！碗是滿的⋯⋯所以奇奇根本沒有碰過食物，因此牠今天根本就沒有來過這裏！」

就在那時，我聽到一聲**狗吠**。

老闆巴松管鼠身邊那隻打扮講究的男士牽着他的灰色獵犬在舞台上走來走去。他的狗左聞聞右聞聞，然後跑到奇奇的小窩旁。

福爾摩鼠走到他跟前，說：「先生，抱歉。我之前似乎在觀眾席上見過你。可以冒昧問一下你的姓名，以及出於什麼動機，你會帶着這隻**嗅覺**靈敏的獵犬來到舞台上嗎？」

史提頓，快跑，快！

　　巴松管鼠介紹道：「福爾摩鼠先生，請允許我向你介紹我親愛的朋友**哈利・豪斯鼠**！我的劇院首演，我可不能不邀請他！」

　　豪斯鼠彬彬有禮地點頭致意。

　　我留意到這**兩隻**並肩而站的老鼠之間巨大的差別。哈利・豪斯鼠看起來很有品味和風度，而托尼・巴松管鼠……怎麼說呢，衣着不太講究！

儘管如此，兩隻老鼠的關係看起來倒是很親密。

豪斯鼠向福爾摩鼠解釋道：「演出中斷後，我就回家了。我牽着我的獵犬**威利**出來散步，又經過這裏，看到**劇院**裏好像還有什麼狀況，就過來看看……

巴松管鼠補充道：哈利就住在旁邊！至於威利，牠真的是一隻非常出色的**獵犬**！」

福爾摩鼠點點頭。

「我對你的獵犬很好奇。牠和杜萊美小姐的狗認識，對不對？」

哈利·豪斯鼠吃驚地說：「沒錯，有時候牠們在花園裏碰到會一起**玩耍**！福爾摩鼠，你是怎麼知道的呢？」

他聳了聳肩，洋洋得意地回答：「畢竟我是老鼠島上最天才的偵探！只要看到你的獵犬發現奇奇 **不在** 時候的反應就知道了！」

就在這時，獵犬又開始吠叫，掙脫了主人手裏的繩子，奔向奇奇的小窩，左聞聞右聞聞。

然後，牠坐了下來，發出一聲長長的**嗥叫聲**：**嗥嗥嗥嗥嗥嗥嗥嗥嗥嗥**！

哈利·豪斯鼠撫摸着獵犬，想讓牠安靜下來：「乖，威利！**奇奇** 不在這裏，不過我肯定，他們很快就會找到牠的！」

福爾摩鼠走到豪斯鼠跟前，說：「如果你的獵犬當真很喜歡杜萊美小姐的寵物狗，或許牠可以幫助我們 **找到** 小狗！」

豪斯鼠興奮地說：「這個當然！福爾摩鼠先生，威利由你調遣！」

我的偵探朋友微笑着說：「很好很好！**作為一名偵探的重要原則：嗅覺靈敏**……我想，威利一定不缺這一天分。呵呵呵！」

然後，他轉身對我說：「史提頓，獵犬就交給你啦！」

豪斯鼠先生將**牽繩**交給我，說：「請你好好照顧牠！」

我回答道：「請你放心，我也有養狗的，我知道如何呵呵呵呵呵呵呵……」

突然，威利開始**拖着我**往前跑！

牠圍着**女歌唱家**快速地轉了三圈，把她嚇得尖叫起來：「呵呵呵呵！走開……走開開開開！！！」

威利衝着她吠叫：

汪！ 汪汪！汪汪汪汪汪！

指揮鼠搗住了耳朵，說：「太吵了！你們快讓牠住口！」

這時，導演也吼起來：「走開！我不希望看到狗在我的舞台上！」

我想拉住**奔跑**的獵犬，但是牠用力拽着我。我好像在**踩着水橇滑水**一樣！

然後，牠全速鑽到後台，拉着我經過放滿東西的走道，那裏的東西都被我撞得像保齡球一樣紛紛倒地。

我問道：「威利，你這是去哪裏？快停下……求求你你你你你了！」

但是，牠根本不聽我的話，繼續往前跑，一直跑到一扇緊閉的 小門 前才猛的停下！

威利閃到了一邊（就在最後一刻），而我也想剎車（但是沒有做到！），於是狠狠地撞到了門上！砰嗲！！！

（真是撞到貓一樣痛啊！）

片刻之後，啪嗒！

在我猛力的撞擊下，門開了。半明半暗間，我好像看到了……

奇奇？！

我揉了揉眼睛，歎了口氣，原來只是掛在牆上的洗碗布。唉，原來我撞進了 掃帚間 ！

薩爾・階梯鼠說：「真奇怪！這間掃帚間平時都是**上鎖**的……」

福爾摩鼠評論道：「嗯……那麼是誰打開了門？」

就在威利不停地聞著地面時，舞台總監大師鼠回答：「除了老闆，唯一一個有劇院**鑰匙**的就是我……但是，我確定，我並沒有打開掃帚間的門！另外，今天並不是清潔日！」

福爾摩鼠迅速彎腰從地上**撿**起了什麼東西，不過我沒有看清楚。我還沒來得及弄清楚到底是什麼東西，威利又開始如離弦之箭跑了起來！牠拖住牽着**狗繩**的我一直跑到劇院外面！

福爾摩鼠步伐穩健地跟了過來，還有特拉法警長和大師鼠。

我對獵犬說：「威利，快停下！停下！」

福爾摩鼠卻大聲說：「史提頓，你就由着牠吧！獵犬會帶你去**應該去的地方**！」

76

於是，我就被威利拽着**跑啊 跑啊 跑啊**，全速穿過了劇院廣場。

正當我要問這是去哪裏的時候，**獵犬**突然停下了腳步，而我則精疲力盡地癱倒在地！

福爾摩鼠很快趕到，問：「史提頓，你躺在地上幹什麼？這可不是休息的時候！」

咕吱吱！我氣喘吁吁，連回答的力氣都沒有：「**呼呼！呼哧！**對不起……**呼呼！呼哧！**福爾摩鼠先生……**呼呼！呼哧！**我……這就站起來……**呼呼！呼哧！**我保證……我這就……**繼續出發！**」

他說：「不用啦。威利已經抵達目的地了。你沒看出來嗎？」

我抬起頭。我們面前是一棟很雅緻的小樓，而獵犬正對着緊閉的大門嗥叫。

嗥嗥嗥嗥嗥嗥嗥嗥嗥嗥！

77

馬克斯·大師鼠和特拉法警長也趕到了，吃驚地看着**小樓**！

大師鼠驚呼道：「**托尼·巴松管鼠**先生就住在這裏！」

特拉法警長打電話通知在劇院留守的先鋒鼠警員：「索妮婭，我是湯姆！我們現在在劇院對面托尼·巴松管鼠的家樓下。你能陪他一起過來嗎？」

他們兩隻鼠幾分鐘之後便趕到了。見到威利在緊閉的大門前的表現，巴松管鼠顯得非常驚訝：「我不明白為什麼哈利的狗對我家的**大門**這麼感興趣！」

福爾摩鼠說：「那就請你讓我們進去，**就可以知道答案了**！」

劇院老闆回答：「福爾摩鼠先生，我這就開門。哎呀，不行……抱歉，我把**鑰匙**落在劇院了。我得回去取鑰匙，除非……大師鼠，你有帶

劇院的鑰匙串嗎？」

舞台總監點點頭：「當然了……在這裏！我出來之前，從書桌的抽屜裏把鑰匙拿出來了！劇院發生這麼多事，我覺得鑰匙放在辦公室裏不太安全！」

他從口袋裏取出一串鑰匙。

巴松管鼠當着他的面翻找，最後拿住其中一枚，大聲説：「找到了！沒有鼠知道，劇院的一串鑰匙裏，還有我家的鑰匙！」

一打開了大門，威利就像閃電一般鑽進了小樓。

解開謎團的鑰匙

我想把獵犬叫住：「威利，快停下！」

不過，福爾摩鼠反對說：「史提頓，讓牠去吧。我們是在 跟着 牠的嗅覺走！」

然後，他對舞台總監和劇院老闆說：「兩位，麻煩你們和先鋒鼠警長一起留在外面。湯姆，你想跟我和我的助理一起進去嗎？」

特拉法警長回答：「福爾摩鼠，當然可以！」

我們進屋，發現威利對着一扇緊閉的門不停地吠叫**攀爬**……

福爾摩鼠微笑着看着我説：「史提頓，你覺得誰會在門後嗎？」

我笑了笑，説：「**福爾摩鼠先生，**

我自有我的懷疑……」

我撫摸着獵犬，説：「**做得好**，威利！」

我們進了房間，原來是一間書房，裏面有一張堆滿文件的書桌。書房的角落裏，有一隻小狗舒舒服服地蜷縮在格子坐墊上——小狗正是**奇奇**！

奇奇抬起頭，發出一聲驚訝的「**汪**」……然後歡天喜地奔向剛剛**找到**的小伙伴威利！

特拉法警長對福爾摩鼠説：「我的朋友，你是怎麼知道……」

不等他說完，福爾摩鼠就回答道：「湯姆，很簡單！當威利在劇院舞台上 聞 奇奇的窩的時候，我就猜到牠一定會帶我們找到奇奇！」

　　「等一下！」我插話道，「既然這是托尼‧巴松管鼠的家，而奇奇在這裏……那麼，難道是巴松管鼠綁架了 奇奇 ？」

　　「有可能……」福爾摩鼠回答：「有可能是巴松管鼠，也有可能是誰想 嫁禍 於他，將奇奇帶到了這裏！」

　　特拉法警長評論道：「是的，可是他家是門窗緊鎖的！」

　　「沒錯！」福爾摩鼠說。

　　「不過，巴松管鼠告訴我們，劇院的鑰匙串上有他家的 備用 鑰匙。」

　　特拉法警長好像並沒有被說服：「不過，他剛剛說，除了他，沒有別的老鼠知道！」

　　「很明顯，有別的老鼠知道嘛！」偵探非常自信地說。

我驚訝地望着他。

福爾摩鼠總結道：「那串鑰匙是我們的 **第四條線索！** 而且極其關鍵！鑰匙串是馬克斯‧大師鼠的，不過他將鑰匙放在辦公室的抽屜裏，因此誰都有機會拿到鑰匙！」

他又轉身對我說：「史提頓，你還記鑰匙串曾在**何時何地**用過嗎？」

那串鑰匙是解開謎團的關鍵！！！

你們記得鑰匙串曾在何時何地用過嗎？

我試着回答：「呃……如果説所有的鑰匙都在鑰匙串上，那麼應該有老鼠用上面的鑰匙打開了**掃帚間**的門！但是，為什麼呢?!」

福爾摩鼠回答：「史提頓，**基本演繹法**！不要忘記時刻分析，這是最基本的！

這隻鼠用鑰匙打開掃帚間，是因為奇奇之前被關在那裏……威利率先發現了掃帚間，而我是第二個。看，這是我從掃帚間裏撿到的！」

他向我們展示了**一小撮**狗毛。

以一千塊莫澤雷勒乳酪的名義發誓，原來這就是他之前從地上撿起來的東西！

我問：「那麼到底是誰把奇奇關在那裏？」

他故作神秘地回答：「解開謎團的鑰匙就在**這串備用鑰匙**裏！」

「我繼續懷疑劇院老闆……」特拉法警長説。

「湯姆，也有可能。」福爾摩鼠回答。然

後，他指着書桌說：「不過，我們不如先看看這些 **文件**！誰知道裏面有沒有什麼線索……」

福爾摩鼠迅速查看劇院老闆的記事簿，然後交給警長，評論道：「這些好像沒什麼用！」

福爾摩鼠又打開一個文件袋：「這裏有一封 **信**，是收購劇院的文件，上面的字跡不一樣……下面有哈利·豪斯鼠的簽名！」

「這個出價非常慷慨啊！」湯姆評論道。

福爾摩鼠指着一張 **平面圖** 說：「看看這個！這是劇院改造計劃的設計圖，看來要變成購物中心！這裏還有一處非常有趣的細節！」

特拉法警長仔細檢查設計圖：「沒錯！劇院要被改造成 **購物中心**。托尼·巴松管鼠會變成大富豪！不過，在這之前，他必須先『處理』手下的員工……」

「不過，一旦劇院不幸破產……對他來說，事情就容易多了！」福爾摩鼠眨眨眼道。

特拉法警長嚴肅地看着他，感歎道：「**可惡**……我這就去逮捕他們！」一秒鐘之後，他已經跑了出去。

福爾摩鼠看着我，搖了搖頭：「湯姆就是這樣莽撞！史提頓，我們也出去吧。帶上這些文件，這是我們的**第五條線索！**」

我們帶着奇奇和威利走了出去。

與此同時，特拉法警長和先鋒鼠警員宣布**逮捕**托尼·巴松管鼠。

不過，巴松管鼠不明所以，抗辯説：「我真的不知道為什麼杜萊美的寵物狗會出現在我家！警長，請你相信我，這件事情跟我無關！我有什麼動機要這麼做呢?!你們把我抓了，我的劇院該怎麼辦呢？我還想把它賣了呢，唉……」

特拉法警長回應道：「你手上不是已經有一份將劇院改造成購物中心的**收購計劃**嘛！」

馬克斯·大師鼠沮喪地問道：「托尼，真的是你綁架了杜萊美嗎？」

史提頓，這是非常重要的線索！

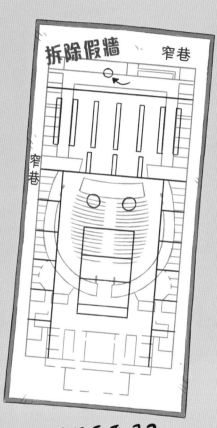

這是我的收購出價，這可是友情價！

哈利・豪斯鼠

今天是本演出季的首演：由杜萊美・歌唱鼠主演的《塞維爾的理髮師》

拆除假牆　　窄巷

窄巷

為什麼福爾摩鼠認為這些文件很重要呢？
繼續往下看，謎底就會揭曉！

關鍵證據

我知道杜萊美在哪裏！

劇院老闆看起來越來越無助，他轉身對大師鼠說：「馬克斯！我真的什麼都不知道！」

他轉身看着我們，一臉哀求的樣子。

我也不知道該怎麼辦，因為所有的 線索 都指向他！

就在那時，傳來一陣歡快的犬吠聲：汪汪！汪汪！汪汪！汪汪！

奇奇一蹦一跳地跑到巴松管鼠身邊，搖着尾巴逗他開心。

劇院老闆這才稍微放鬆下來，撫摸着牠說：「奇奇！你怎麼樣？見到你真好！」

福爾摩鼠說：「**奇奇**好像和巴松管鼠很熟絡！好像一點都沒有討厭他！」

特拉法警長聳了聳肩膀說：「福爾摩鼠，不過這不足以解除他的嫌疑！」

我補充道：「奇奇經常出入劇院，所以牠對劇院的員工親近也很正常。」

小狗好像也認出了**馬克斯・大師鼠**，對着他嗥叫。

大師鼠想撫慰牠，說：「嘿，奇奇！你怎麼啦？我們帶你回劇院好嗎？那裏的 **坐墊** 比這裏的要舒服多了！」

奇奇完全不理會他，跑去跟獵犬玩耍。

舞台總監轉過身，尷尬地對我笑着說：「怎麼辦呢？奇奇好像只對威利感興趣！」

福爾摩鼠僅僅回了一句：「嗯……」

與此同時，特拉法警長給劇院老闆帶上了手銬，說：「巴松管鼠先生，請你好好 配合 ，帶我們去找杜萊美小姐！」

　　「警長，我完全不知道她在哪裏！」

　　這時，福爾摩鼠出人意料地大聲說：「**我帶你們去找杜萊美！**」

　　我們都驚訝地看着他。

我說：「你是怎麼知道她在哪裏的呢？」

福爾摩鼠平靜地回答：「我們先去救杜萊美小姐，然後我再向大家解釋。」

我們跟着他穿過廣場。奇奇和威利也一邊歡快地玩耍，一邊跟着我們。

哈利·豪斯鼠在 劇院 門口等着我們，說：「歡迎回來！老實說，我剛剛有點擔心我的小

威利。不過，看到牠找到了小伙伴，我就放心了！」

福爾摩鼠答道：「你的獵犬嗅覺很靈敏，徑直帶我們找到了目標，就好像史提頓對待皮莉鼠小姐的**糕點**一樣！你們跟我來！」

我歎了口氣。我是那種非常有教養的老鼠，這種時候我就不反駁他了。其實，通常都是他，福爾摩鼠，把皮莉鼠小姐的糕點吃得精光！

與此同時，我的朋友朝着更衣室的方向走去，在掛着劇院地圖的牆壁跟前停下腳步。

「史提頓，之前在這裏撿到的**玫瑰**，還在你那裏嗎？」

我從口袋裏拿出玫瑰：「在這裏，還很新鮮，就跟剛剛採摘的一樣！」

他說：「史提頓，基本演繹法！這差不多就是剛剛採摘的！今天下午我吩咐了皮莉鼠小姐送給杜萊美12朵玫瑰。這就是其中一枝。不過，這

一枝比較**特別**。你想給大家解釋一下嗎？」

我看着玫瑰，試着說點什麼：「特別的地方就是……它沒有刺?!」

福爾摩鼠笑着說：「沒錯！我吩咐她去掉這一枝上的**刺**，這樣杜萊美小姐就可以插着玫瑰登台演出了。」

「那麼，杜萊美小姐現在在哪裏？」我問道。

他回答說：「史提頓，一會兒你就知道了。不過，我需要她更衣室裏的那雙**紅色綢緞鞋**。」

我跑去歌唱鼠的更衣室裏拿了鞋交給福爾摩鼠。他把鞋拿給奇奇，說：「快去找主人吧！」

小狗聞了聞鞋，然後開始奔跑，**一路**跑到一面牆壁前。然後，牠趴到牆上，後爪支撐着身子，前爪在牆壁上來回抓刨。

福爾摩鼠輕輕地敲擊牆壁，然後按住一個點………牆壁上的**暗門**隨即打開。

奇奇毫不猶豫地鑽進了暗道裏去。

汪汪！ 汪汪！ 汪汪！

咕吱吱……裏面黑漆漆的，連貓和老鼠都分不出來！

我們當中有鼠打開手電筒照亮了長長的暗道。我發現**杜萊美**就在暗道的盡頭！

她被五花大綁着，嘴裏被塞着東西。不過，看見圍着她興奮地歡呼雀躍的奇奇，她已經**感動不已**。

福爾摩鼠趕緊為她鬆了綁。

杜萊美小姐擁抱着他，用水晶般清脆的聲音激動地說：「福爾摩鼠！我就知道只有你能**救我們！**」

她把小狗抱進懷裏。

我的朋友為她整理了大紅色的絲巾，然後仔細地將一朵玫瑰插在她的頭髮裏。

他摟着她，說：「我可以陪你去更衣室嗎？畢竟綁架你的傢伙還沒有被繩之於法……還是小

心為上！」

她答道：「**我很困惑**，其實並不記得發生了什麼。福爾摩鼠，你知道的，對嗎？」

福爾摩鼠拍拍胸脯，答道：「**親愛的**，我當然知道了！我是老鼠島上最偉大的偵探。我的直覺告訴我，我們必須立刻行動！**親愛的杜萊美**，你很快就會知道事情的來龍去脈！」

然後，大偵探轉身對我們說：「請大家隨我來！」

我們就這樣都回到了杜萊美的 更衣室 。

我將在巴松管鼠家找到的文件放在梳妝台上。

福爾摩鼠對我説：「史提頓，看看周圍。這個房間裏有指引我們找到杜萊美小姐的 第三組線索 。你知道在哪裏嗎？」

我仔細檢查更衣室，答道：「第三組……呃……**線索？**可以給一點點提示嗎？」

福爾摩鼠伸出一根手指，説：「史提頓！**作為一名偵探的重要原則：不會讓任何線索從眼前溜走……或者説，不會讓任何嫌疑鼠從眼前溜走！**現在，快點記下來！我要開始向大家講解我的推斷。」

我點點頭。

「就從走道裏撿到的玫瑰説起吧。」福爾摩鼠説，「我之前説過，那枝玫瑰就是我今天下

這裏有引領我們找到杜萊美小姐的線索！

你能看出有什麼線索嗎？

午派鼠送給杜萊美小姐的玫瑰花束中的一枝。

這間更衣室裏只有 **11** 枝玫瑰，而我總是送她12枝玫瑰。」

我瞪大了眼睛。

我們第一次進入 **更衣室** 的時候，我感覺福爾摩鼠只是快速地掃了一眼房間……原來他已經留意到了所有的細節（和往常一樣）！

這位大偵探繼續説：「史提頓，幸虧你提醒了我。你説，**玫瑰** 沒有刺。這就是説，杜萊美在遭到綁架前不久，把玫瑰插在頭上……不過，她在遭遇綁架的過程中，花掉到地上了，也就是走道裏！」

然後，他補充道：「隨後，我又檢查了她喝的 **茶**。我發現花茶聞起來不太像茉莉花！

我是茶藝愛好者，對茶的味道很敏感。而且，茶杯底下的 茶漬 看起來很可疑。

　　幸好，我的手提電話具備**溫度傳感**功能，可以分析一些液體和食品的成分。它掃描了茶漬後，將數據連結到一個特殊的數據庫比對。我這才知道，原來茶裏有 安眠藥 的成分！」

　　哇！福爾摩鼠真是天才！

　　他說：「我當時並不知道杜萊美在哪裏。不過，我在巴松管鼠家裏看到的劇院平面圖上面標註了一個**秘密房間**。地圖的左上角上寫着：

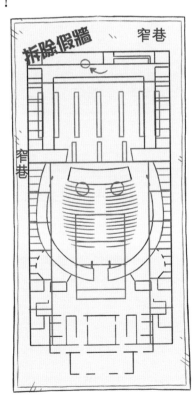

拆除假牆。

剩下的問題就簡單了……我們很快就找到了答案！」

我試着問：「答案是什麼？」

「答案就是**假牆**！假牆後面就是藏着杜萊美小姐的地方。」

女歌唱家堅定地説：「嗯，**福爾摩鼠**……抵達劇院的時候，我非常非常擔心！昨天奇奇就不見了。我還接到一個**神秘的威脅電話**，説：如果我想要回我的小狗，就不可以登台演出！可是，我恨極了敲詐勒索，就想着先喝一口茶，然後給你打電話。可惜沒來得及，因為……**唉**！我喝完茶就昏睡了！」

奇奇激動地嚷嚷：「**汪汪！汪汪！汪汪！**」

杜萊美撫摸着牠説：「奇奇，你去哪裏了？」

特拉法警長回答：「在巴松管鼠的家裏。」

「你是説……是他**綁架**了我？」

福爾摩鼠回答：「沒有！巴松管鼠是無辜的……我馬上就會向大家解釋事情的原委！」

結案

「你們在座當中，
　有老鼠躲在暗處
　意圖阻撓演出⋯⋯
　希望劇院倒閉！」

夏洛特・福爾摩鼠

罪魁禍首
就是他……
他們！

我們大家都在等福爾摩鼠撕開**罪魁禍首**的面具。

老鼠島上最著名的偵探指着舞台總監，堅定地說：「馬克斯・大師鼠！」

他平靜地回答：「福爾摩鼠先生，請說。」

「可以麻煩你將所有的工作人員都**召集**到舞台上來嗎？我想，大家一定都還在劇院吧？」

大師鼠回答：「演員和樂團成員都在各自的更衣室，工作人員也都沒有回家。我立刻叫他們過來！」

舞台總監說完，迅速離開。

福爾摩鼠轉過身對我、特拉法警長和索妮婭說：「你們跟我來！湯姆，我希望你可以先鬆開巴松管鼠先生的 手銬 。我想，在證明他的 清白 之前，他應該不會逃跑！」

劇院老闆微笑着說：「福爾摩鼠，謝謝！你就放心吧，我不會讓你為難。」

特拉法警長打開他的手銬，說：「我也很好奇！」

隨後，我們都緊跟着 偉大的偵探 ，往舞台的方向走去。杜萊美·歌唱鼠也抱着奇奇同行。

特拉法警長和先鋒鼠警員押着劇院老闆。儘管有福爾摩鼠的擔保，他們還是小心地看守着他。我和哈利·豪斯鼠並排跟在最後面。獵犬威

利則平靜地一蹦一躍地跟着我們。

福爾摩鼠走到舞台上宣布：「各位，我們找到了**杜萊美・歌唱鼠小姐**！」

第一個上前迎接她的是夏娃・米蘭達：「杜萊美！在這個舞台上**再次見到你**，我真是太開心了！」

她伸出胳膊，緊緊地將杜萊美擁在懷裏。

導演跟着說：「歡迎回來！雖然故事曲折，總算是個圓滿的結局！」

男演員巴瑞・托恩倒是有些不以為然：「呃……親愛的同事，你到底跑去哪裏了？」

馬斯特羅・指揮鼠笑着說：「**能夠繼續欣賞你作為歌劇藝術家的美妙歌喉是我們的榮幸**！」

道具師馬特・錘子鼠和薩爾・階梯鼠則站在

角落裏竊竊私語。

片刻之後，**歌劇演員**、管弦樂團和製作團隊都坐到觀眾席上看着舞台。

福爾摩鼠看着大家説：「各位，大家看到親愛的杜萊美‧歌唱鼠小姐平安歸來，一定都很高興！這不僅僅是因為大家都喜歡和欣賞她……」

他向杜萊美投去 深情的目光 ，杜萊美則回報以一個熾熱的笑容。「……也因為杜萊美小姐的回歸意味着《塞維爾的理髮師》將會再次上演……歌劇院的活動將按計劃進行！」

大家聽到這一席話掌聲雷動。所有老鼠都很激動，除了 夏娃‧米蘭達。她嘟囔着説：「我也很高興……雖然我並不覺得杜萊美如此的不可或缺，哼！」

福爾摩鼠繼續説：「不過，你們在座當中，有老鼠躲在暗處意圖阻撓演出……希望劇院倒閉！」

線索指向的嫌疑鼠⋯⋯
我們終於要結案啦！

托尼・巴松管鼠

哈利・豪斯鼠

馬克斯・大師鼠

夏娃・米蘭達

皮特・乳酪鼠

巴瑞・托恩

馬特・錘子鼠

馬斯特羅・指揮鼠

薩爾・階梯鼠

嫌疑鼠

聽到此處，大家驚訝地交頭接耳。

巴瑞·托恩發出低沉的聲音：「誰想讓劇院**破產**？為什麼？」

乳酪鼠導演也很困惑：「福爾摩鼠先生，你為什麼這麼肯定？」

大偵探從口袋裏掏出之前在劇院走道裏撿到的紙條，向大家**展示**：「這張紙條就是證據。這是我從地上撿到的，就是有鼠耍小伎倆讓帕帕基諾的戲服憑空『消失』的時候！」

大家的目光都盯在福爾摩鼠身上。他繼續說：「這隻鼠策劃了戲服消失，好讓大家相信劇院被施了魔咒。而實際上，就像我之前向大家展示的，**那不過是一個小把戲！**現在，我那位敏銳又細心的助理謝利連摩·史提頓將告訴大家**紙條**上的內容。」

我接過他的話，大聲地唸道：「阻止演出，酬勞豐厚！」

阻止演出，
酬勞豐厚！

福爾摩鼠接着說：「從這張紙條判斷，犯案的動機是為了錢財！綁架杜萊美小姐並沒有讓他們計劃得逞，因為杜萊美有**替代**的演員。利用**惡作劇幽靈**則成為阻止演出的最好辦法。」

夏娃・米蘭達回應道：「是這麼一回**事事事！**」

托尼・巴松管鼠問：「可是，我還有一點不明白，這張紙條是寫給誰的？」

福爾摩鼠回答：「寫給一隻了解劇院，並且可以讓大家都相信劇院遭到**魔咒**的老鼠。那隻老鼠在這裏工作了很久，甚至在當年以惡作劇幽靈作為吸引票房的**主要手段**的時候就已經在這裏工作了……」

我嚴肅地說：「這麼說的話……那個時候，乳酪鼠導演在這裏工作。這是他自己說的！馬斯特羅・指揮鼠也在；還有之前在這個舞台上**唱歌**的巴瑞・托恩和夏娃・米蘭達！」

福爾摩鼠朝我投來讚許的目光，而剛剛被我點名的四隻老鼠都惡狠狠地瞪着我。

「**史提頓，很好。**你就沒有漏掉誰嗎？」

「啊，對！馬特・錘子鼠也在這裏工作很久了，他還經常說起**幽靈**……」

年邁的道具師瞪大了眼睛，結結巴巴地說：「我向大家保證，我真的不知道有老鼠耍了小伎倆！你們問我的同事好了！」

薩爾·階梯鼠說：「呵呵呵！我一直都說，這些不過是有鼠耍的小伎倆！」

福爾摩鼠對我說：「史提頓，你離題了！快，加油！當時還有誰也在劇院工作？那隻可以進出劇院所有地方的老鼠！」

我撓了撓我的腦袋，又捋了捋鬍子，突然驚呼道：「以一千塊莫澤雷勒乳酪的名義發誓！舞台總監馬克斯·大師鼠！他持有所有的鑰匙，而且也熟悉劇院的歷史⋯⋯」

這時，導演說：「沒錯！他之前也是這裏的道具師，就是劇院因遭受魔咒而名聲大噪的時候。」

舞台總監自辯道：「不過，我不是唯一的老員工！沒錯，我的確有一套鑰匙，但是我總是把鑰匙放在書桌的抽屜裏，劇院上下很多老鼠都知道！」

福爾摩鼠點點頭：「反對有效！鑰匙是很重要的線索，因為有老鼠昨天（為了將奇奇鎖在掃帚間裏）和今天（為了將奇奇帶進劇院老闆的家中）都用過鑰匙。但是，的確誰都有可能拿到鑰匙！」

大師鼠看着舞台上的其他老鼠，説：「聽見了嗎？你們大家都有嫌疑！」

就在那時，我突然靈光一現：「還有一條線索！下了安眠藥的茶……是你端給杜萊美的！」

大師鼠平靜地反駁道：「沒錯，但是這説明不了什麼。雖然我將茶杯送去了更衣室，但是誰都可以將安眠藥倒進茶裏！」

福爾摩鼠説：「是的！看來，在場很多老鼠都知道劇院的小把戲，大家可以拿到劇院的鑰匙，也都可能在杜萊美的花茶裏下藥。那麼，究竟是誰會想盡辦法為了紙條上提到的賞金阻撓演出呢？」

福爾摩鼠仔細打量着所有的嫌疑鼠，接着説：「你們當中有一隻老鼠，被自己説的話出賣了自己……他提到了只有綁匪才可能知道的資訊。史提頓，他是當着我和你的面説漏嘴的！！我打賭，你一定沒有留意……作為一名偵探的重要原則：時刻警覺，在任何情況下都不可以鬆懈！」

我尷尬地點點頭。

「不過，如果你好好回想，」他繼續説，「你一定可以想起來，那隻鼠到底説了什麼不該説的話……跟奇奇有關！」

回想起他們所有老鼠說過的話……不過，我沒有發現任何可疑的地方！

福爾摩鼠失去了耐心，說：「史提頓，我給你一點小小的提示！這是我們的**倒數第二條線索**……」

有老鼠知道太多關於奇奇「所在位置」的資訊……

親愛的老鼠朋友，你們記得是誰嗎？

接着，他解釋道：「我們在巴松管鼠的書房裏找到了奇奇。當時只有我、你和特拉法警長在。然而，還有一隻鼠也知道我們在哪裏找到了奇奇，而且還說了出來。他的話直接撕下了他的

面具！」

就在那一刻，**答案**突然像閃電一樣點亮了我的思緒：「福爾摩鼠先生，我想起來了！的確有一隻鼠跟奇奇説，『*劇院的坐墊一定比巴松管鼠家的要柔軟舒服得多！*』他又是怎麽知道奇奇之前是窩在他家的坐墊上的呢？我們找到小狗的時候，他並不在現場！」

我轉身對**馬克斯·大師鼠**説：「舞台總監先生，你是怎麽知道奇奇窩在巴松管鼠先生家的**坐墊**上的？」

大師鼠平靜而自信地抬起手爪，想為自己辯解，但是……他很快就放下了爪子，低下了頭。

「被你們發現了。」他小聲嘟囔道，「事情是這樣的……前天，我接到一通神秘的電話……電話裏的**神秘聲音**許諾給我一大筆錢，要我**綁架**杜萊美的小狗，並藏到托尼·巴松管鼠家裏。

罪魁禍首就是……

為了懲愿我就範，他還着我檢查銀行帳户，因為他已經往我的帳户裏存入了**一大筆錢！**」

我忍不住説：「總之，你是見錢眼開！」

大師鼠繼續説：「是的，很慚愧……我的確是為了錢綁架奇奇的！我拿鑰匙打開了掃帚間，給奇奇**下了安眠藥**，把牠關在裏面。今天下午，在巴松管鼠來到劇院之後，我又趁機將小狗帶去了他家，把牠放在非常舒服的坐墊上，目的就是為了誣衊巴松管鼠！」

福爾摩鼠繼續説：「有鼠希望通過綁架奇奇來**要脅**杜萊美小姐不要登台演唱！但是，勇敢

的杜萊美還是照樣出現在劇院了！所以你，大師鼠，就得啟動 B 計劃，也就是綁架杜萊美！」

他點點頭：「沒錯。我在口袋裏發現了那張要求我阻撓演出的紙條！應該是在劇院裏的某隻鼠寫的……也許還是我認識的某隻鼠！」

福爾摩鼠接過話來：「我再從頭梳理一遍：你綁架了奇奇，但是並不足以阻撓演出的進行。於是，你就在杜萊美小姐的茶裏下了安眠藥，又把她關到密室裏……大師鼠，這些都是你的主意嗎？」

大師鼠緊張地説：「當然不是了！我只是執行任務。那個神秘的聲音總是提前通知我下一步的計劃。」

福爾摩鼠格格笑道：「我猜也是。所以，你剛剛藏好了杜萊美小姐，緊接着你就播放了預先錄製好的汽車發動聲音（為了讓大家相信那

是綁匪的車），讓走道裏的老鼠聽見。然後，你又讓劇院的東西神秘消失，企圖讓觀眾受到驚嚇，以此來阻撓演出。

大師鼠先生，還有誰比你更熟悉這間劇院的小把戲呢？！我知道你不過是某隻鼠的同夥而已。我肯定，你也不知道誰是幕後黑手！」

舞台總監點點頭。

福爾摩鼠繼續說：「不過，指證幕後黑手的證據就在大家眼前！是一張書面證據！就是你今晚收到的匿名紙條。你在耍令帕帕基諾戲服消失的小把戲時不小心把紙條弄丟了。而正如大家所知，我在辦案期間發現了那張紙條。」

大家困惑地看着福爾摩鼠。他繼續解釋道：「為了讓大家明白究竟，我們還需要用到在巴松管鼠先生的住處找到的文件！史提頓，快去拿過來！」

我跑去更衣室。

福爾摩鼠從樂團那裏拿來一個樂譜架，將我拿過來的文件和寫給大師鼠的紙條擺在上面。「史提頓，請你看一看這**最後一條線索！**你有什麼發現？」

到底是誰寫了那張匿名紙條？

今天是本演出季的首演：由杜萊美·歌唱鼠主演的《塞維爾的理髮師》

拆除假牆　窄巷

窄巷

阻止演出，酬勞豐厚！

這是我的收購出價，這可是友情價！

哈利·豪斯鼠

你們能看出當中的重要線索了嗎？

最後一條線索

我還沒來得及反應，福爾摩鼠就解釋道：「匿名字條的紙跡和托尼・巴松管鼠的字跡不同（你們可以看他的記事簿），但是卻和收購報價單上的字跡相同。史提頓，你可以唸出文件簽署者的名字嗎？」

我大聲唸道：「哈利・豪斯鼠！」

福爾摩鼠宣布：「他就是罪魁禍首！」

我立刻在鼠羣中搜尋豪斯鼠的蹤影，發現他已經往後台的方向跑去！

特拉法警長大叫道：「快攔住他！」

福爾摩鼠敏捷地一把舉起樂譜架扔出，砸在逃犯的腿上。逃犯隨即一個跟蹌，摔倒在地。

「沒錯！我想佔有劇院……不惜一切代價！我必須使用一些手段。」豪斯鼠嚷嚷道。先鋒鼠警員趕忙為他戴上手銬。

杜萊美評論道：「要不是福爾摩鼠，差點就讓你得逞了！」

大家**掌聲雷動**。

巴松管鼠卻愣在了那裏。「福爾摩鼠先生，我非常感謝你，但是……我恐怕永遠都沒有能力退還大家今晚的門票錢了。我徹底破產了！」

這時，他的秘書趕到了：

罪魁禍首就是……

「**巴松管鼠先生**！我們的票已經大賣到了六個月以後的場次！大家都很想看了不起的女歌唱家杜萊美演出，大家也都想在這個**遭到魔咒的劇院裏**……**觀看歌劇**！」

福爾摩鼠，我們很快再見！

　　第二天，我們向管家皮莉鼠小姐講述了事情的經過。她評論道：「儘管過程曲折，幸好是個圓滿的結局！杜萊美小姐有沒有感謝你送的玫瑰？」

　　福爾摩鼠回答：「當然了，皮莉鼠小姐！我得感謝你的建議……正是那一枝不帶刺的玫瑰讓我在充滿荊棘的探案之路上找到了杜萊美！」

　　女管家什麼也沒有說，只是半閉着眼睛若有所思。

福爾摩鼠繼續說：「我從歌劇院拿來了一個小小的**紀念品**來豐富我的收藏！」

他將一張演出節目表交給皮莉鼠小姐，並解釋道：「上面有所有歌劇演員、樂團成員和劇院工作人員的**簽名**！」

然後，他轉身對我說：「史提頓，你不覺得你忘記了什麼事情了嗎？」

我很平靜地說：「沒有吧……我們成功結案了，就跟往常一樣……」

福爾摩鼠指了指牆上的時鐘。

「以一千塊莫澤雷勒乳酪的名義發誓！」我驚叫道，「回妙鼠城的火車！**我快趕不上了！**」

我迅速跑回房間，拿上行李箱。

福爾摩鼠對我說：「史提頓，別擔心。你不會錯過火車的，因為我會開車送你一程！」

五分鐘後，我們已經坐在福爾摩鼠的超級**汽車**上（它是獨一無二的，由他親自設計，超高科技，而且超級炫酷。我下次再詳細跟你們

講！）。他的車像離弦之箭在 **怪鼠城** 的街道上飛馳。

福爾摩鼠說：「我今天晚上也有約會。史提頓，你猜得出來是什麼嗎？」

「呃⋯⋯我不知道啊！」

他微笑着說：「謝利連摩，你總是這樣心不在焉的！我是要和杜萊美共進晚餐啦！我們將在黃金角餐廳的預約改到了今天 **晚上！**」

原來如此，難怪我的朋友心情這麼好呢！

他竟然直接叫了我的名字⋯⋯

直到那時，我才留意到他的防水外套下露出 **音符** 形狀的袖扣。福爾摩鼠只會在特別的場合才會穿戴這些高檔的衣服和配飾！

抵達車站後，他停下車對我說：「史提頓，你還在這裏幹什麼？快跑啊，否則你就真的趕不上火車啦！」

我來不及和他告別，因為他已經踩了油門離

開了。

　　我微笑着想：反正我們很快會再見面的……那一定又是一次難忘的 **冒險** ，由偉大的福爾摩鼠和他不可替代的助理謝利連摩·史提頓共同破解的偵探案件！

　　　　　　　　　　謝利連摩·史提頓

福爾摩鼠偵探小學堂

作為一名偵探的重要原則：
捕捉細節！

　　想成為一名能幹的偵探，我們必須時刻保持頭腦清晰。在日常生活中，我們也可以嘗試培養觀察力，多留意身邊的事物，例如：**對比**生活中看起來一樣的物品、文件、圖畫、地圖等等，然後找出它們**細節**上的微小差別。

　　學會觀察不僅是鑑別藝術品**真偽**的藝術專家的重要技能，在我們的日常生活中也至關重要。所以，要學會用敏銳的目光捕捉**細節**！

答案：皮莉鼠小姐的購物單是左邊那個，因為格魯耶爾乳酪味道聞起來有蜂蜜和堅果的味道，較適合用來做甜點。

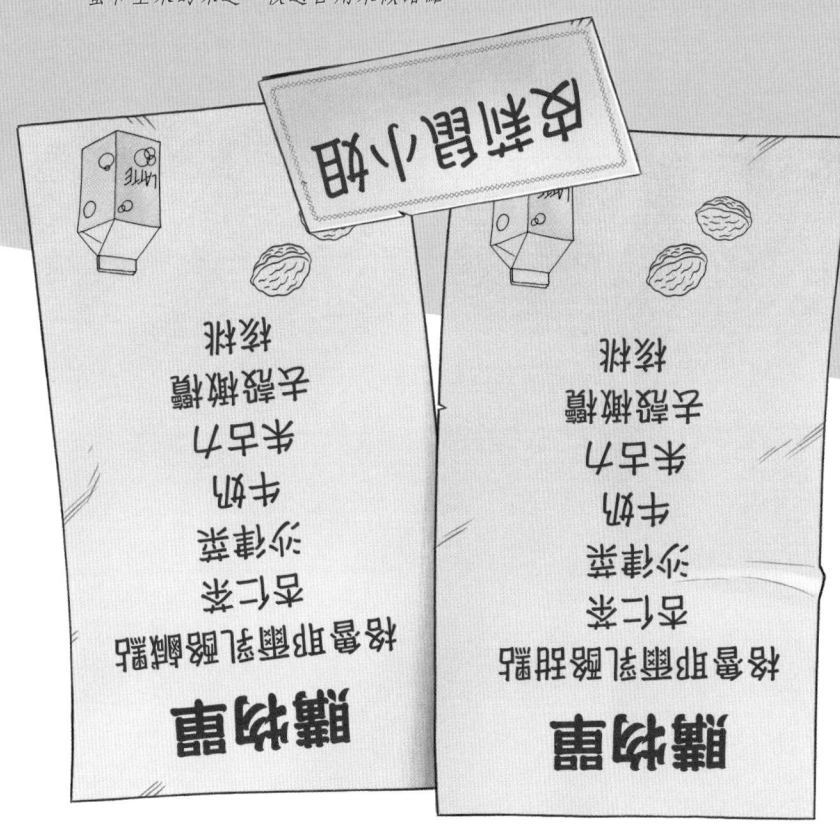

請仔細觀察！這兩張購物單是誰的呢，看起來一模一樣，但是其中一張是皮莉鼠小姐的，另一張是她的鄰居鵝鵝太太的！你能不能找出哪一張是皮莉鼠的嗎？

各位偵探，你也來挑戰！

神探福爾摩鼠

①公爵千金失蹤案

公爵千金失蹤了！黑尾鼠公爵一家在案發現場完全找不着任何強行闖入的痕跡，大家都茫無頭緒，急忙向福爾摩鼠求助……謝利連摩化身神探助手，與福爾摩鼠一起到公爵府進行調查，到底犯人是如何在守衛森嚴的貴族大宅裏，不動聲色地擄去公爵千金的呢？

②藝術珍寶毀壞案

怪鼠城出現了多宗離奇的藝術文物毀壞案！神秘的罪犯接二連三在各種藝術珍寶上留下詭異的巨大爪痕，而所有目擊者均指出在案發現場曾經看到傳說中的神秘怪物——「狼貓」出沒……那些神秘爪痕真的是「狼貓」所為？這些案件背後是否隱藏着重大秘密？

③黑霧迷離失竊案

怪鼠城接連出現神秘的黑霧，城中罪犯伺機蠢蠢欲動！一條珍貴的粉紅色心形鑽石頸鏈——「玫瑰之心」，在運送途中竟離奇憑空消失了！珠寶商急忙委託福爾摩鼠進行調查。每當漆黑濃霧出現，就會有不尋常的財物失竊案發生！到底福爾摩鼠與謝利連摩能否抓到隱藏在黑霧背後的神秘罪犯呢？